FAYENCE
Jusqu'au 17 août

Libération

es fins d'empires : Bolivar, le « libertador » impuissant

Le Monde

15, rue Falguière, 75501 Paris Cedex 15

JEUDI 13 AOUT

FONDATEUR : HUBERT BEUVE-MÉRY – DIRECTEUR : JACQUES LESOURNE

BOURSE ★

ns

Mexique
nge

anada et du Mexique
mardi 11 au mer-
l'Accord de libre-
nerican Free Trade
ratifié, cet accord
es entre ces trois

Pastis Marseillais

Un 747 s'écrase sur l'aéroport de Marignane Marseille Provence

ticle de Philippe Gasparini

Le Japon au secours de ses banques

L'état de santé préoccupant de la finance japonaise, mise à mal par la chute de la Bourse et de l'immobilier, a fini par faire réagir le gouvernement nippon. Après avoir annoncé un collectif budgétaire pour la fin du mois d'août, le ministre des finances envisage de racheter aux banques des garanties foncières. Les sommes engagées pourr... atteindr...

HIRAC ET... FABIUS
ERE LES
RES
ourd'hui,
mpagne
uve redoutable».
s» contre
politiques.
adre de l'ONU»,
lution autorisant

é...
u...
M...
Co...
Po...
cett...
réfo...
eux...
démo...

BAR...
REST...
A L'O...
L'Homme...
Velours vi...
une nouve...
l'Olympique...
Toulon, on e...
EDEN AR...
Nouvelle traducti...
Piliers de la sages...
Lawrence. Docum...
roman d'amour ho...
Lire page 22.

Aix : le nouveau plan de circulati...

Prévu pour être rendu public à l'automne, le nouveau plan de circulation de la ville d'Aix fera la part belle aux transports collectifs.

udi 13 Août

248, av. Roger Salengro - BP 100
13316 Marseille cedex 15 - Tél. 91.84.45.45

AIX-EN-PROVENCE

Le Provence

JOURNAL DES PATRIOTES SOCIALISTES ET REPUBLICAINS

4F20 (T.T.C.)

BRAQUAGE
La cl...
co...

L'EX COMMISSAIRE LODEN ARRETE UN GANG DE PROXENETES

ns trop
iste ré...
les
nges
ue
e
r
scer
cette

LEO LODEN

Un privé à Marseille

T2: LES SIRENES DU VIEUX-PORT

Scénario: **Arleston**
Dessins: **Carrere**
Couleurs: **N.Morel**

SOLEIL PRODUCTIONS

© SOLEIL / ARLESTON / CARRERE
Album SOLEIL PRODUCTIONS
29, boulevard de Strasbourg - 83000 Toulon
Téléphone: 94 09 08 28 - Télécopie: 94 62 30 21
Dépôt légal: Octobre 1992 - ISBN 2-87764-123-6
Tous droits de traduction et d'adaptation strictement réservés pour tous pays.

Conception Graphique Cortex
Impression: Vincenzo Bona - Turin - Italie
Reliure: SIRC Marigny Le Chatel - France

A MARSEILLE, IL Y A DOUZE DÉTECTIVES PRIVÉS. DEPUIS QU'ON NE M'APPELLE PLUS COMMISSAIRE LODEN, JE SUIS LE TREIZIÈME. PARAIT QUE ÇA PORTE BONHEUR. MAIS LES CLIENTS NE SE BOUSCULENT PAS POUR TROUVER MON ADRESSE !
RASCASSES DES CALANQUES !
LAQUELLE DE CALANQUE, SORMIOU OU VIVAGEL ?
C'EST LE DERNIER !
LA CHALEUR DU MIDI ! TOUT S'ÉVAPORE PLUS VITE.
TU AURAIS DÛ ACCEPTER L'AFFAIRE DU TOUBIB INFIDÈLE !
J'AI PAS FAIT DIX ANS À LA P.J. POUR REGARDER PAR LES TROUS DE SERRURE !
RING
RIIN
UN CLIENT SYMPA AVEC UN GROS CARNET DE CHÈQUES ?
UN BÊTE HUISSIER AVEC DEUX GROS DÉMÉNAGEURS !
1

FINALEMENT, LES TROUS DE SERRURE...
VOUS DEVEZ AVOIR QUITTÉ L'APPARTEMENT DEMAIN MATIN OU PAYER VOS SIX MOIS DE LOYER EN RETARD.
SI AU MOINS IL Y AVAIT UNE RIVIÈRE À MARSEILLE, ON AURAIT DES PONTS OÙ ALLER COUCHER !
PFIOU! ELLE PÈSE UNE TONNE CELLE LÀ!
T'AING! ON POURRA PAS L'EMMENER!
ATTENDS VOIR...
ON PEUT TOUJOURS ESSAYER!
BON, IL NOUS RESTE L'EMBAUCHE SUR LES DOCKS!
TU ES SYNDIQUÉ?
RERING RIIN
ILS ONT DÛ OUBLIER LA SONNETTE, ILS VIENNENT LA CHERCHER...
RING RIIN
C'EST À VOUS ÇA?
POURQUOI? VOUS VOULEZ NOUS L'ACHETER?
EN QUELQUE SORTE... COMBIEN IL VEUT CE DÉPOUILLEUR ?
2

HÉBÉ! ÇA EN FAIT DES SOUS!
ALLEZ, REMONTEZ-MOI TOUT ÇA!
ON PEUT SAVOIR?
JE REPRÉSENTE UN CLIENT QUI TIENT BEAUCOUP À S'ASSURER VOS SERVICES. IL VEUT VOUS VOIR TOUT DE SUITE!
QUAND VOUS AUREZ FINI, LAISSEZ LES CLÉS AU BISTROT À CÔTÉ!
ET REMETTEZ BIEN LA POUSSIÈRE LÀ OÙ ELLE ÉTAIT!
J'AI PAS L'HABITUDE D'ACCEPTER UN BOULOT SANS SAVOIR QUI EST LE CLIENT, MAIS J'AI ENCORE MOINS L'HABITUDE DE MANGER AUX RESTOS DU CŒUR!
ON VA OÙ?
RESPIRER DE L'IODE ET DES EMBRUNS. C'EST BON POUR LES BRONCHES ET LES RHUMATISMES.
PAR TOUTES LES FILLES DE VALPARAISO! UN QUATRE MÂTS!!
JE POURRAIS LE BARRER?!
AH! LE COMMISSAIRE LÉO LODEN?
NON, LE PRIVÉ LÉO LODEN!
ÇA COÛTE MOINS CHER QU'UN COMMISSAIRE!

AHAH! VOUS AVEZ RAISON! VENEZ QUE JE VOUS PRÉSENTE QUELQU'UN...
DITES...
SCHUMMUGNEGNE GNEGNEBARRER...
Si ÇA VOUS AMUSE! APRÈS TOUT, VOUS ÊTES UN VIEUX LOUP DE MER! VOUS SAVEZ QUE J'AI BATTU DES RECORDS AVEC CETTE MERVEILLE ?!
CHIC!
CHIC!
CHIC!
CHIC!
VOUS CONNAISSEZ BARWITZ L'AVANT-CENTRE DE NOTRE ÉQUIPE!
LE MEILLEUR BUTEUR DU CHAMPIONNAT! UN PIED DE FER DANS UN CRAMPON DE VELOURS...
ENCHANTÉ, COMMISSAIRE...
ENCHANTÉ, JE NE SUIS PLUS COMMISSAIRE!
C'EST POUR BARWITZ QUE JE VOUS AI FAIT VENIR IL A UN PROBLÈME AVEC SA PETITE COPINE.
AVEC SA FEMME?
VRAI-FAUX C.A.
Si C'ÉTAIT SA FEMME IL N'Y AURAIT PAS DE PROBLÈME ET PAS DE POGNON POUR VOUS, LODEN!
PAMELA EST UNE... AMIE TRÈS PROCHE ET... JE NE VOUDRAIS PAS QUE LA PRESSE EN PARLE, ET...
ET POUR AMENER LES VOILES, COMMENT ON FAIT?
C'EST PROGRAMMÉ SUR L'ORDINATEUR DE BORD!
4

BREF, SA MIGNONNE A DISPARU, IL FAUT QUE VOUS NOUS LA RETROUVIEZ DISCRÈTEMENT!
IL ME FAUDRAIT DEUX OU TROIS RENSEIGNEMENTS
PAMÉLA CAYOLS, 22 ANS, ÉTUDIANTE À L'ÉCOLE DE JOURNALISME DU PHARO. VOUS AVEZ SON ADRESSE LÀ-DESSUS.
C'EST QUE JE NE VOUDRAIS PAS QUE MA FEMME...
T'INQUIÈTE! AFFÛTE TES CRAMPONS ET LAISSE-MOI RÉGLER ÇA!
UNE PRIME DE DIX PATATES SI VOUS RETROUVEZ LA MINOTTE BANCO LODEN?
BANCO!
BRAVO! J'AIME LES MECS QUI EN ONT!
BROLLOOMM
?
?!
VRAI-FAUX C.A.
DIX BRIQUES, C'ÉTAIT BIEN! MOINS LES RÉPARATIONS DU YACHT, IL NE RESTERA PLUS GRAND-CHOSE!
PUISQUE JE TE DIS QUE C'EST À CAUSE DE L'ORDINATEUR DE BORD!
LÉO, QU'EST-CE QUE TU FAIS? ÉÉÉÉÉH?!
BIP! ERROR DATA LODEN SYSTEM!
5

LA PETITE PAMELA ÉTAIT ÉLÈVE À L'ÉCOLE DE JOURNALISME DU PHARO. UN ENDROIT PLEIN DE MARLOUS IDÉALISTES QUI NE SE DOUTENT PAS ENCORE DES TOURS DE COCHON QU'ILS DEVRONT FAIRE POUR RÉUSSIR DANS LEUR MÉTIER...
ÇA FAIT HUIT JOURS QU'ELLE N'EST PAS VENUE EN COURS.
ELLE N'A PRÉVENU PERSONNE?
NON! PAR CONTRE LA DIRECTRICE EST FURAX! PAMELA A PRIS UNE CAMÉRA DE L'ÉCOLE!
UNE CAMÉRA?
UNE BÉTACAM, UN TRUC FACILE À MANIER EN REPORTAGE.
ELLE AVAIT UN SUJET EN VUE?
ON EN PARLE DEVANT UNE BIÈRE?
BAR TABAC
BAR TABAC LE PHARO
BAR TABAC
BAR
FAUT VOUS DIRE, PAMELA EST DU GENRE FONCEUSE...
ELLE PRÉPARAIT UN REPORTAGE SUR LA PROSTITUTION À MARSEILLE.
RIEN QUE ÇA?!
ELLE SAVAIT OÙ ELLE METTAIT LES PIEDS?
ELLE M'A RACONTÉ QU'ELLE A TROUVÉ UN CONTACT, MAIS PAS UN MOT DE PLUS.
CETTE GAMINE EST ALLÉE SE FOURRER DANS UN DRÔLE DE GUÊPIER!
C'EST PAS DES RIGOLOS LES JULOTS! AU BOULOT!
DITES, JE POURRAIS FAIRE UN REPORTAGE SUR VOUS?
PROMIS! AU PREMIER TROU DE SERRURE, JE T'APPELLE, MON GARS!
6

LE FOOTBALLEUX M'AVAIT LAISSÉ LES CLÉS DU STUDIO DE LA PETITE, UNE PIAULE D'ÉTUDIANT, COMME BEAUCOUP D'AUTRES...
ON EST PAS TRÈS AVANCÉ !
ERREUR, TONTON LOCO! IL Y A AU MOINS UN POINT POSITIF...
EN EFFET, LE CADAVRE N'EST PAS SOUS LE TAPIS
LA CAMERA N'EST PAS ICI, UNE VRAIE BÉTACAM, C'EST PAS COURANT, ÇA NOUS LAISSE UNE CHANCE...
AMADEUS?
TOUT JUSTE!
5 MINUTES PLUS TARD...
TIENS, UN FLIC DÉCHU ET UN MATELOT À CASQUETTE!
JE NE ME SOUVIENS PLUS QUI, LE PREMIER, L'AVAIT BAPTISÉ AMADEUS. MAIS JE SAIS POURQUOI: CE BRAVE MALHONNÊTE ÉTAIT LE MOZART DU RECEL ET DE L'ESCROQUERIE...
VOUS VENEZ CHERCHER VOS CLÉS?
MES CLÉS?!
UN GAMIN EST VENU ME PROPOSER UN CAMBRIOLAGE "CLÉ EN MAIN". IL LES AVAIT TROUVÉES DANS UN BISTROT EN BAS DE CHEZ VOUS...
HEUREUSEMENT, J'AI RECONNU LE PORTE-CLEF.
7

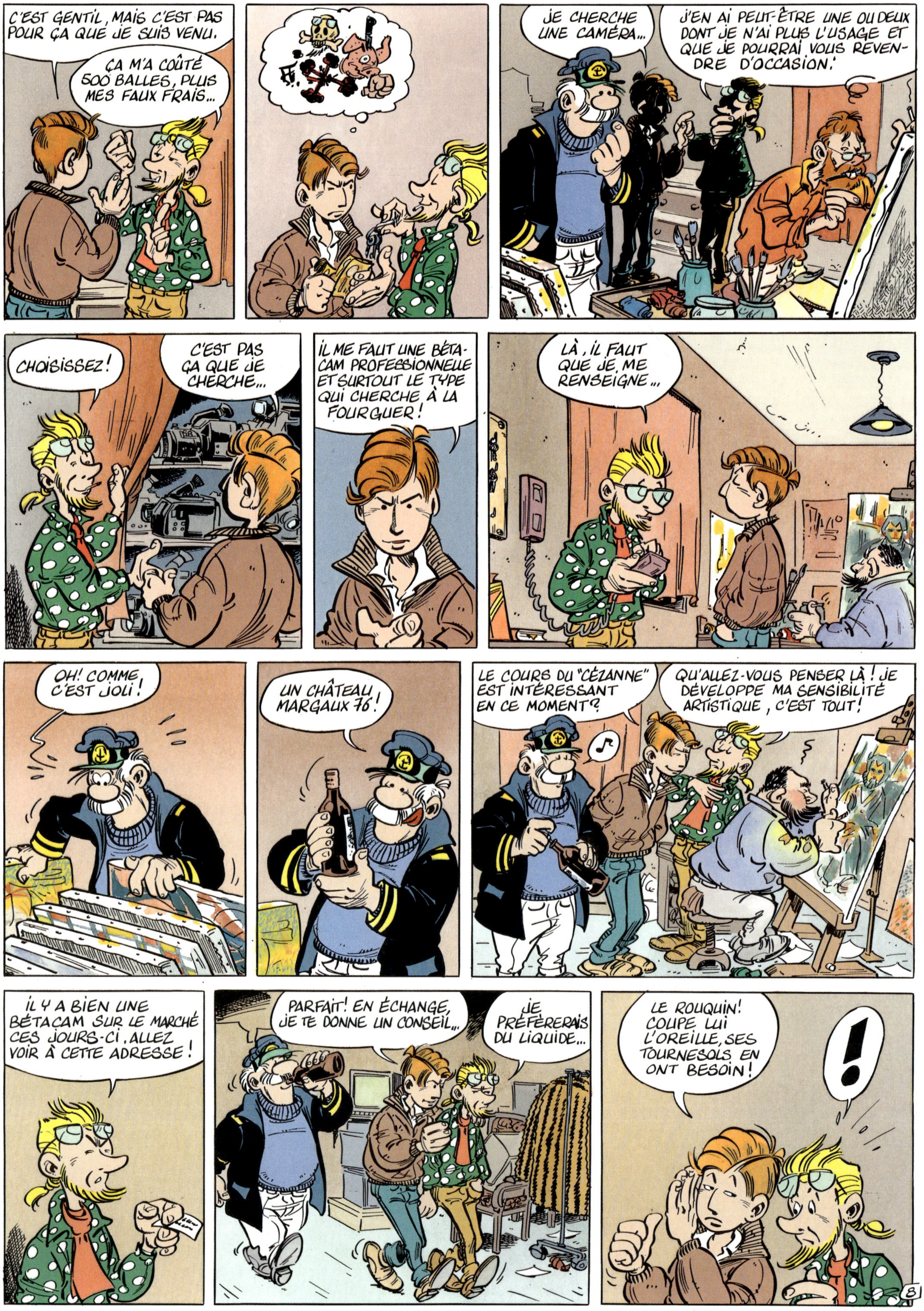
C'EST GENTIL, MAIS C'EST PAS POUR ÇA QUE JE SUIS VENU.
ÇA M'A COÛTÉ 500 BALLES, PLUS MES FAUX FRAIS...
JE CHERCHE UNE CAMÉRA...
J'EN AI PEUT-ÊTRE UNE OU DEUX DONT JE N'AI PLUS L'USAGE ET QUE JE POURRAI VOUS REVENDRE D'OCCASION.
CHOISISSEZ!
C'EST PAS ÇA QUE JE CHERCHE...
IL ME FAUT UNE BÉTACAM PROFESSIONNELLE ET SURTOUT LE TYPE QUI CHERCHE À LA FOURGUER!
LÀ, IL FAUT QUE JE ME RENSEIGNE...
OH! COMME C'EST JOLI!
UN CHÂTEAU MARGAUX 76!
LE COURS DU "CÉZANNE" EST INTÉRESSANT EN CE MOMENT?
QU'ALLEZ-VOUS PENSER LÀ! JE DÉVELOPPE MA SENSIBILITÉ ARTISTIQUE, C'EST TOUT!
IL Y A BIEN UNE BÉTACAM SUR LE MARCHÉ CES JOURS-CI. ALLEZ VOIR À CETTE ADRESSE!
PARFAIT! EN ÉCHANGE, JE TE DONNE UN CONSEIL...
JE PRÉFÉRERAIS DU LIQUIDE...
LE ROUQUIN! COUPE LUI L'OREILLE, SES TOURNESOLS EN ONT BESOIN!
!
8

LE TYPE DONT AMADEUS M'AVAIT LAISSÉ L'ADRESSE N'HABITAIT PAS AU "PALM'BEACH". LES QUARTIERS NORD DE MARSEILLE, C'EST LE GENRE D'ENDROIT OÙ LES ÉDUCATEURS SOCIAUX SE FONT DÉPOUILLER DE LEURS SANTIAGS AVANT D'AVOIR EU LE TEMPS DE DIRE "COOL, BROTHER"...
C'EST CELLE-LÀ LA TOUR "PAQUERETTES JOYEUSES"?
OUAIP!
C'EST AU HUITIÈME, SI CE MACHIN A ENCORE LA FORCE DE GRIMPER.
ISSUUU DUNPEUP KIA BOCOU SOUFEER
CAVE
...NOUZOMZISSUS DUNPEUPE KINEVEU PUUU SOUFRIRE
AH LE PETIT VIN BLANC
?
SNAP
ISSUDUN PEUP KIA BOCOU SOUFEEERRR
QU'ON BOIT SOUS LES TONNEELLES
DU CÔÔÔTÉ DE NOOOGENT
ON EST ARRIVÉ, CARUSO!
?
TOC TOC TOC
ANGE-DOMINIQUE SANTI, C'EST VOTRE FILS?
QU'EST-CE QU'IL A ENCORE FAIT?
IL EST LÀ?
PENSEZ-VOUS! IL DOIT ÊTRE EN TRAIN DE BOIRE SON PASTIS DANS LE LOCAL À POUBELLES DE L'IMMEUBLE À CÔTÉ. ILS ONT FAIT UN BAR LÀ-DEDANS.
9

(*) VOIR ALBUM: "TERMINUS CANEBIÈRE"...

HÉ!
DÉSOLÉ, IL VIENT DE SORTIR!
BAR
S'CUSEZ...
MERCI!
ON NE BOUGE PLUS SANTI!
BOK
TOM, TOM,
VOUS AVEZ UN MANDAT?
POURQUOI? J'AI UNE TÊTE DE FACTEUR?
IL RISQUE DE PRENDRE COMBIEN CETTE FOIS-CI?
UNE BONNE PAIRE DE BAFFES!
11

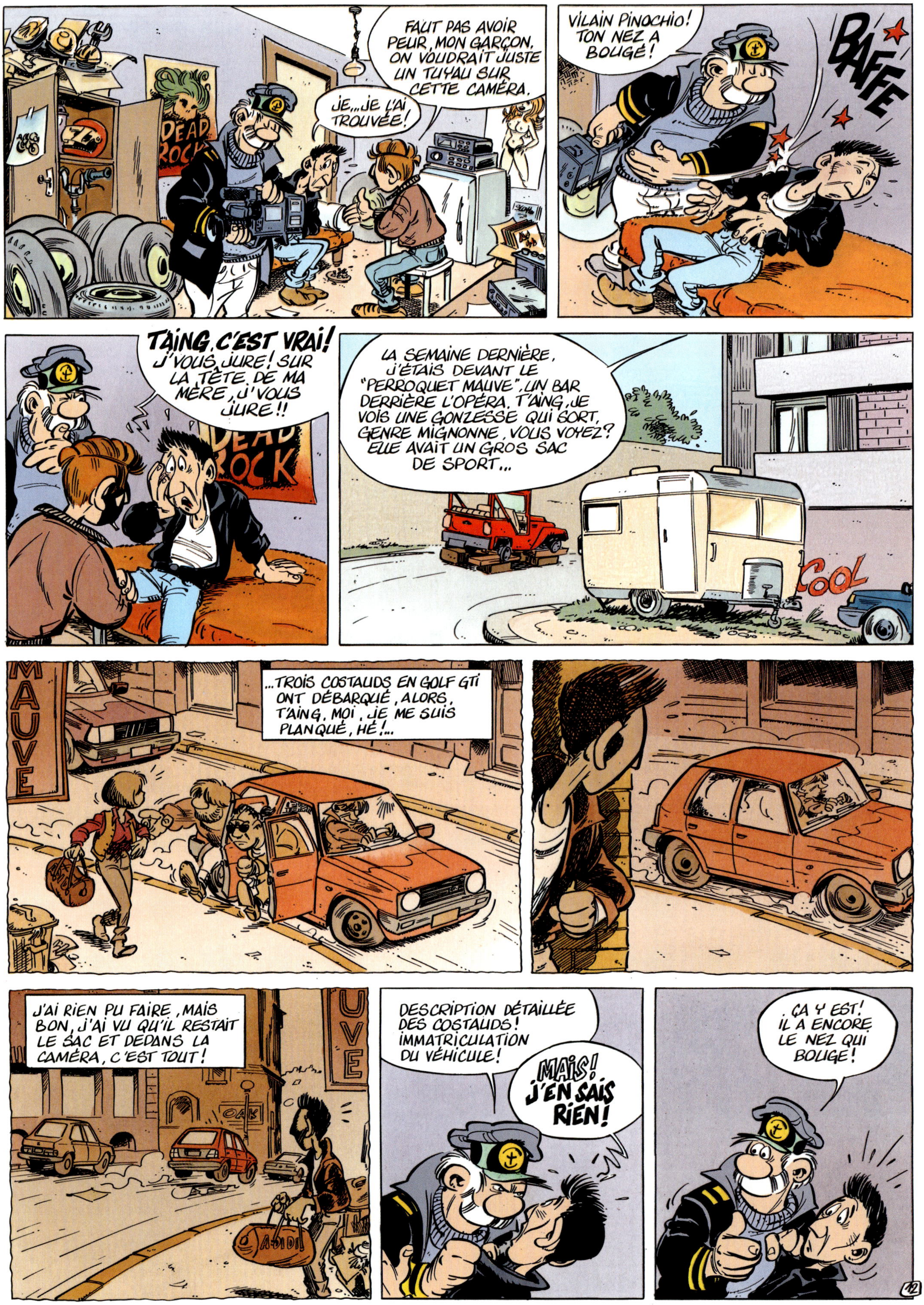
FAUT PAS AVOIR PEUR, MON GARÇON, ON VOUDRAIT JUSTE UN TUYAU SUR CETTE CAMÉRA.
JE... JE L'AI TROUVÉE!
DEAD ROCK
VILAIN PINOCHIO! TON NEZ A BOUGÉ!
BAFFE
TAING, C'EST VRAI! J'VOUS JURE! SUR LA TÊTE DE MA MÈRE, J'VOUS JURE!!
LA SEMAINE DERNIÈRE, J'ÉTAIS DEVANT LE "PERROQUET MAUVE", UN BAR DERRIÈRE L'OPÉRA. T'AING, JE VOIS UNE GONZESSE QUI SORT, GENRE MIGNONNE, VOUS VOYEZ? ELLE AVAIT UN GROS SAC DE SPORT...
COOL
MAUVE
...TROIS COSTAUDS EN GOLF GTI ONT DÉBARQUÉ, ALORS, T'AING, MOI, JE ME SUIS PLANQUÉ, HÉ!...
J'AI RIEN PU FAIRE, MAIS BON, J'AI VU QU'IL RESTAIT LE SAC ET DEDANS LA CAMÉRA, C'EST TOUT!
UVE
ADIDI
DESCRIPTION DÉTAILLÉE DES COSTAUDS! IMMATRICULATION DU VÉHICULE!
MAIS! J'EN SAIS RIEN!
ÇA Y EST! IL A ENCORE LE NEZ QUI BOUGE!
12

ÇA VA, TONTON, JE LE CROIS!
MOTA
ON PREND LA BAGNOLE ET ON FILE À L'ÉVÊCHÉ, JE VEUX VOIR LE DOSSIER DE CE FAMEUX "PERROQUET MAUVE"...
LA BAGNOLE!
TU VAS PEUT-ÊTRE POUVOIR NOUS DÉPANNER, SANTI!
DES ROUES DE 4X4, TU DOIS BIEN AVOIR ÇA, NON?!
DIRECTEMENT DU PRODUCTEUR AU CONSOMMATEUR!
UN DE TES COPAINS VA SANS DOUTE TE RAMENER LES NÔTRES, ÇA REMPLACERA!
A L'ÉVÊCHÉ, IL N'Y A PAS D'ÉVÊQUE, MAIS DES FLICS. LA VOLAILLE EN KÉPI BLEU A REMPLACÉ LES CORBEAUX EN SOUTANE NOIRE, C'EST NORMAL DANS UN HÔTEL DE POLICE...
ÇA ME FAIT UN EFFET BIZARRE À CHAQUE FOIS QUE JE REVIENS ICI.
NE REGRETTE RIEN, GARÇON! TU N'AS PLUS DE MINISTRE SUR LE DOS, MAINTENANT
L'INSPECTEUR MARLÈNE SORAL!?
ELLE EST SORTIE DÉJEUNER!
ACCUEIL
C'EST ÇA QUI ME MANQUE LE PLUS! ÊTRE PAYÉ À L'HEURE DU DÉJEUNER. VEINARDS DE SALARIÉS!
13

LE VALLON DES AUFFES, C'EST UN TOUT PETIT PORT, UN VILLAGE PERDU EN PLEIN CENTRE DE MARSEILLE. UN DE CES ENDROITS MAGIQUES QUE L'ON CACHE AUX TOURISTES...
PIZZERIA
Bar du Vallon
PIZZERIA
DOUG DOUG DOUG DOUG DOU...
ALORS, MARLÈNE, TU VOULAIS DÉJEUNER DANS UN CADRE EXOTIQUE?
J'AVAIS SURTOUT ENVIE D'ÊTRE AU CALME... C'EST RATÉ!
ET SI ON ALLAIT PLUTÔT GOÛTER LA BOUILLABAISSE CHEZ "FONFON"?!
Chez Fonfon
DÉSOLÉE, JE NE SUIS QU'INSPECTEUR. JE N'AI PAS LES MÊMES MOYENS QUE DEUX CÉLÈBRES DÉTECTIVES PRIVÉS...
ALORS, LÉO LODEN... DE QUOI AS-TU ENCORE BESOIN?
ÉÉÉÉH!
À VRAI DIRE, TROIS FOIS RIEN...
GLOUB
14

JUCHTE UN PETIT RENCHEIGNEMENT...
...TU AURAIS DU PRENDRE ANCHOIS, CHE PRÉFÈRE!
ALORS?!
LE "PERROQUET MAUVE", TU CONNAIS?
C'EST UN PRESSING QUI S'EST OUVERT IL Y A MOINS DE TROIS MOIS, DU CÔTÉ DU VIEUX PORT...
UN PRESSING?! JE CROYAIS QUE C'ÉTAIT UNE BOÎTE DE NUIT...
C'EST COMME ÇA QU'ON APPELLE LES BOÎTES QUI SERVENT À BLANCHIR L'ARGENT DOUTEUX...
MAIS INTERDICTION DE TOUCHER À ÇA! C'EST DU GROS GIBIER. OU PLUTÔT DU POISSON. GENRE MAQUEREAU, TU VOIS...
PIZZERIA
LA BOÎTE EST TENUE PAR UN PRÊTE-NOM, MAIS ON VEUT COINCER LE BOSS. ON A PLUSIEURS INSPECTEURS QUI TRAVAILLENT SUR LE COUP DEPUIS DES SEMAINES. JE NE VOUDRAIS PAS QU'UN PRIVÉ VIENNE LEUR CASSER...
...LES...
LE BOULOT!
N'IMPORTE QUI A LE DROIT D'Y FAIRE UN TOUR EN TANT QUE CLIENT, NON?!
!
LÉO LODEN, JE T'INTERDIS DE TE MÊLER À CETTE AFFAIRE!
JE TE DÉTESTE!
15

LES JOURS DE MISTRAL, LES ÉTOILES BRILLENT PLUS FORT. ALORS, ON LÈVE LES YEUX POUR LES CONTEMPLER ET...
DE CADOR!
IL EST ONZE HEURES, LA BOÎTE DOIT ÊTRE OUVERTE!
PM
SNIF
SNIF SNIF
MONSIEUR, UNE TENUE CORRECTE EST EXIGÉE!
SANS PARLER DE CETTE ODEUR...
SNIF
SNIF SNIF
SACHEZ, MÔSSIEUR, QUE SUR MON YACHT, AUCUN DES HOMMES D'ÉQUIPAGE NE SE PERMET DE TROUVER MA TENUE INCORRECTE!
SNACK
HOTEL
MFT...
SALAMANCH
ALORS, ÇA DOIT ÊTRE L'ODEUR DU VARECH?!?
16

DEUX COCAS !
BEURK !
SI ON PRENAIT PLUTÔT UNE BOUTEILLE DE CHAMPAGNE, MON CHOU ?...
SNIF? SNIF?
DITES DONC...
MH ?
500F
TU M'AS L'AIR OBSERVATEUR COMME GARÇON...
TU AS DÉJÀ VU CETTE BOUILLE LÀ ?
JE PRÉFÉRAIS L'AUTRE IMAGE !
17

ALORS?
JE... ... CONNAIS PAS!
OH SI TU CONNAIS! QUAND ON FAIT CETTE TÊTE LÀ, C'EST QU'ON CONNAIT!!
LÂCHEZ-MOI VOUS ÊTES FLIC OU QUOI?!
MA PAROLE, C'EST LE COMMISSAIRE LODEN! ALORS, GRAND, T'ES PLUS COMMISSAIRE ON M'A DIT?!
!
TIENS, MONSIEUR ANDRÉ! C'EST VOUS LE PRÊTE-NOM?...
MOI?! MAIS JE SUIS LE PROPRIÉTAIRE, MON GRAND! C'EST VILAIN D'INSINUER AUTRE CHOSE!
IL A FALLU UN SACRÉ INVESTISSEMENT POUR MONTER TOUT ÇA AVEC AUTANT DE MAUVAIS GOÛT!
HÉ, COMME ON DIT CHEZ NOUS, IL FAUT BIEN VIVRE... CHAMPAGNE, RÉGIS! CHAMPAGNE, POUR MON AMI!
ROQUET MAUVE
AH! VOILÀ UNE BONNE IDÉE!
LA DERNIÈRE FOIS QUE JE VOUS AI VU, VOUS RELEVIEZ LES COMPTEURS RUE DU PUITS
C'EST DE LA VIEILLE HISTOIRE, TOUT ÇA! JE PEUX FAIRE QUELQUE CHOSE POUR TOI, GRAND?
JE CHERCHE CETTE FILLE...
UN PEU MAIGRE! JE PEUX TE TROUVER BEAUCOUP MIEUX SI TU VEUX, GRAND!
JE RIGOLE, BIEN SÛR!
PANG
ALORS?
PURÉE, DE TOUTE FAÇON J'AI RIEN À CACHER, GRAND. ELLE EST VENUE ICI AVEC UNE CAMÉRA CACHÉE DANS UN SAC, CETTE PETITE, MOI J'AIME PAS ÇA, ÇA EFFRAIE LA CLIENTÈLE. ALORS JE L'AI MISE DEHORS, C'EST TOUT, PAROLE!
J'ESPÈRE QUE C'EST VRAI, MONSIEUR ANDRÉ, SINON, VOUS NE PASSEREZ PAS VOTRE RETRAITE À PLANTER DES OLIVIERS À COUDOUX, MAIS PLUTÔT À COMPTER LES CAFARDS AUX BAUMETTES!
18

ALLEZ, TONTON, IL EST L'HEURE D'ALLER COUCHER LES VIEUX !
HÉÉÉ...
VA RONFLER SI TU VEUX, GAMIN, MOI, JE SUIS TRÈS BIEN, ICI !
CHIC, UN CHA-CHA !
ON GUINCHE, CHOU ?
C'EST PAS DE REFUS PASQU'ICI Y'A COMME UNE ODEUR DE JE SAIS PAS QUOI !
UNE FILLE ENLEVÉE, PAS DE PISTE SÉRIEUSE... JE ME SENTAIS COINCÉ... BON À RIEN, LE LÉO ! BOUCHE PÂTEUSE ET MAL DE GORGE... TROP DE CIGARETTES...
MIRAMAR
5810K13
LE COUP DE BLUES, ÇA TOMBE SANS PRÉVENIR ET ÇA ENGLUE LES NEURONES. ENVIE D'ÊTRE TOUT AU CHAUD, TRANQUILLE, PAS BOUGER...
HÔTEL DE L'UNIVERS
PIZZERIA PAOLI
ET PUIS D'UN COUP, ENVIE DE PLEURER DE BONHEUR...
SALUT LÉO !
TU M'EN VEUX POUR MIDI ?
OUI ! TU LE SAIS POURTANT QUE JE PRÉFÈRE LA PIZZA AUX ANCHOIS.
19

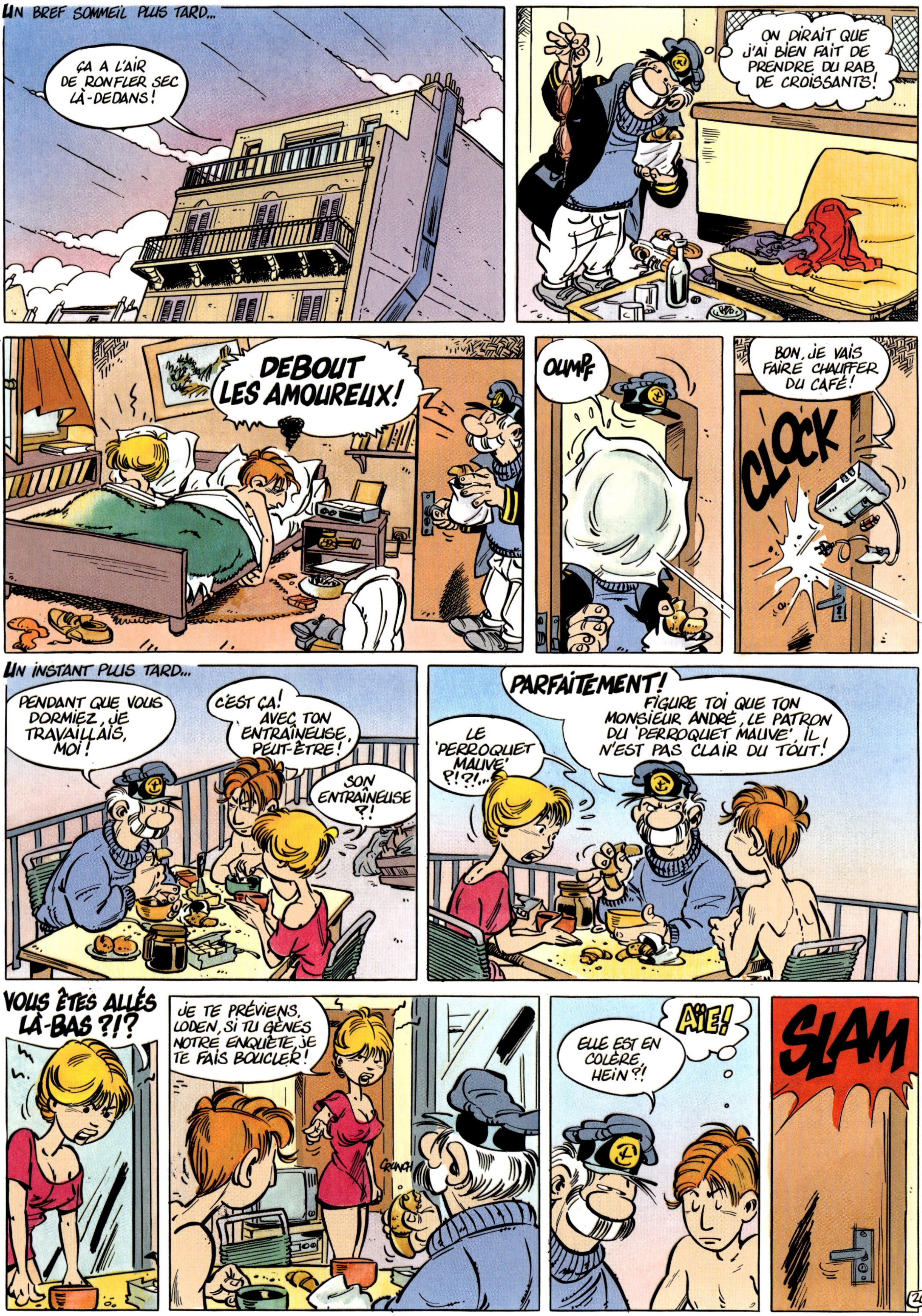
UN BREF SOMMEIL PLUS TARD...
ÇA A L'AIR DE RONFLER SEC LÀ-DEDANS !
ON DIRAIT QUE J'AI BIEN FAIT DE PRENDRE DU RAB DE CROISSANTS !
DEBOUT LES AMOUREUX !
OUMPF
BON, JE VAIS FAIRE CHAUFFER DU CAFÉ !
CLOCK
UN INSTANT PLUS TARD...
PENDANT QUE VOUS DORMIEZ, JE TRAVAILLAIS, MOI !
C'EST ÇA ! AVEC TON ENTRAÎNEUSE, PEUT-ÊTRE !
SON ENTRAÎNEUSE ?!
PARFAITEMENT !
FIGURE TOI QUE TON MONSIEUR ANDRÉ, LE PATRON DU 'PERROQUET MAUVE', IL N'EST PAS CLAIR DU TOUT !
LE 'PERROQUET MAUVE' ?!?!...
VOUS ÊTES ALLÉS LÀ-BAS ?!?
JE TE PRÉVIENS, LODEN, SI TU GÊNES NOTRE ENQUÊTE, JE TE FAIS BOUCLER !
CRUNCH
AÏE !
ELLE EST EN COLÈRE, HEIN ?!
SLAM
20

ELLE VA REVENIR, TU VAS VOIR
MAIS?!..
RING RiiiN RiiNG
ET VOILÀ!
TU AURAIS PU ÊTRE PLUS DISCRET SUR LE PERROQUET MAUVE...
ENFIN! QUE T'AS APPRIS TON ENTRAÎNEUSE?
FIGURE TOI QU'ELLE ÉTAIT LÀ LE SOIR OÙ LA GAMINE EST VENUE AVEC SA CAMÉRA. TON COPAIN MONSIEUR ANDRÉ NE T'A RACONTÉ QUE LA MOITIÉ DE LA VÉRITÉ...
ACCOUCHE!
C'EST LUI QUI A PRÉVENU LES TYPES EN GOLF GTI DE VENIR LA CHERCHER!
NOM DE...
ÈH!... OÙ ON VA?
RÉVEILLER UNE CRAPULE!
21

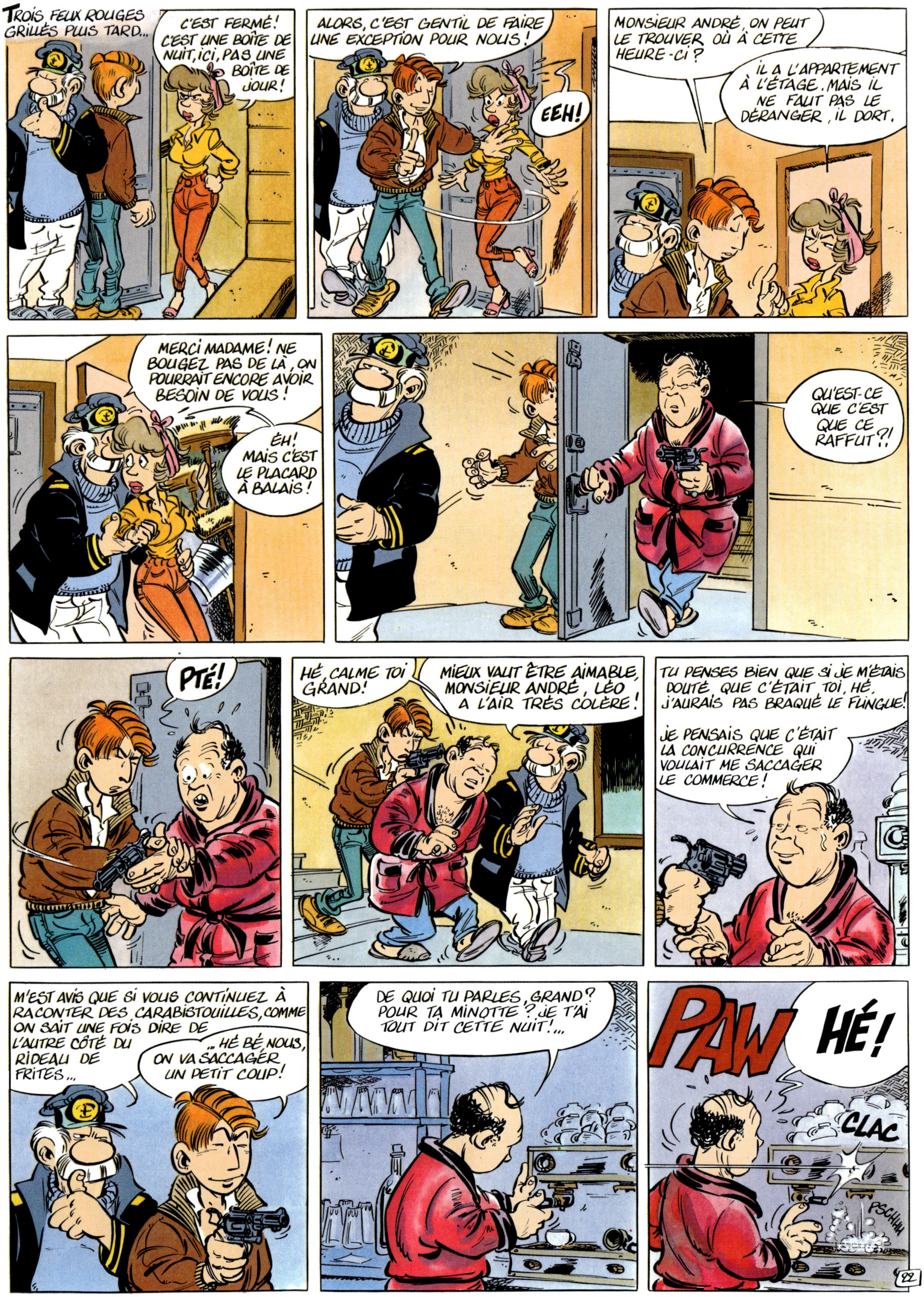
TROIS FEUX ROUGES GRILLÉS PLUS TARD...
C'EST FERMÉ! C'EST UNE BOÎTE DE NUIT, ICI, PAS UNE BOÎTE DE JOUR!
ALORS, C'EST GENTIL DE FAIRE UNE EXCEPTION POUR NOUS!
EEH!
MONSIEUR ANDRÉ, ON PEUT LE TROUVER OÙ À CETTE HEURE-CI?
IL A L'APPARTEMENT À L'ÉTAGE. MAIS IL NE FAUT PAS LE DÉRANGER, IL DORT.
MERCI MADAME! NE BOUGEZ PAS DE LÀ, ON POURRAIT ENCORE AVOIR BESOIN DE VOUS!
EH! MAIS C'EST LE PLACARD À BALAIS!
QU'EST-CE QUE C'EST QUE CE RAFFUT?!
PTÉ!
HÉ, CALME TOI GRAND!
MIEUX VAUT ÊTRE AIMABLE, MONSIEUR ANDRÉ, LÉO A L'AIR TRÈS COLÈRE!
TU PENSES BIEN QUE SI JE M'ÉTAIS DOUTÉ QUE C'ÉTAIT TOI, HÉ, J'AURAIS PAS BRAQUÉ LE FLINGUE!
JE PENSAIS QUE C'ÉTAIT LA CONCURRENCE QUI VOULAIT ME SACCAGER LE COMMERCE!
M'EST AVIS QUE SI VOUS CONTINUEZ À RACONTER DES CARABISTOUILLES, COMME ON SAIT UNE FOIS DIRE DE L'AUTRE CÔTÉ DU RIDEAU DE FRITES...
... HÉ BÉ NOUS, ON VA SACCAGER UN PETIT COUP!
DE QUOI TU PARLES, GRAND? POUR TA MINOTTE? JE T'AI TOUT DIT CETTE NUIT!...
PAW
HÉ!
CLAC
PSCHHH
22

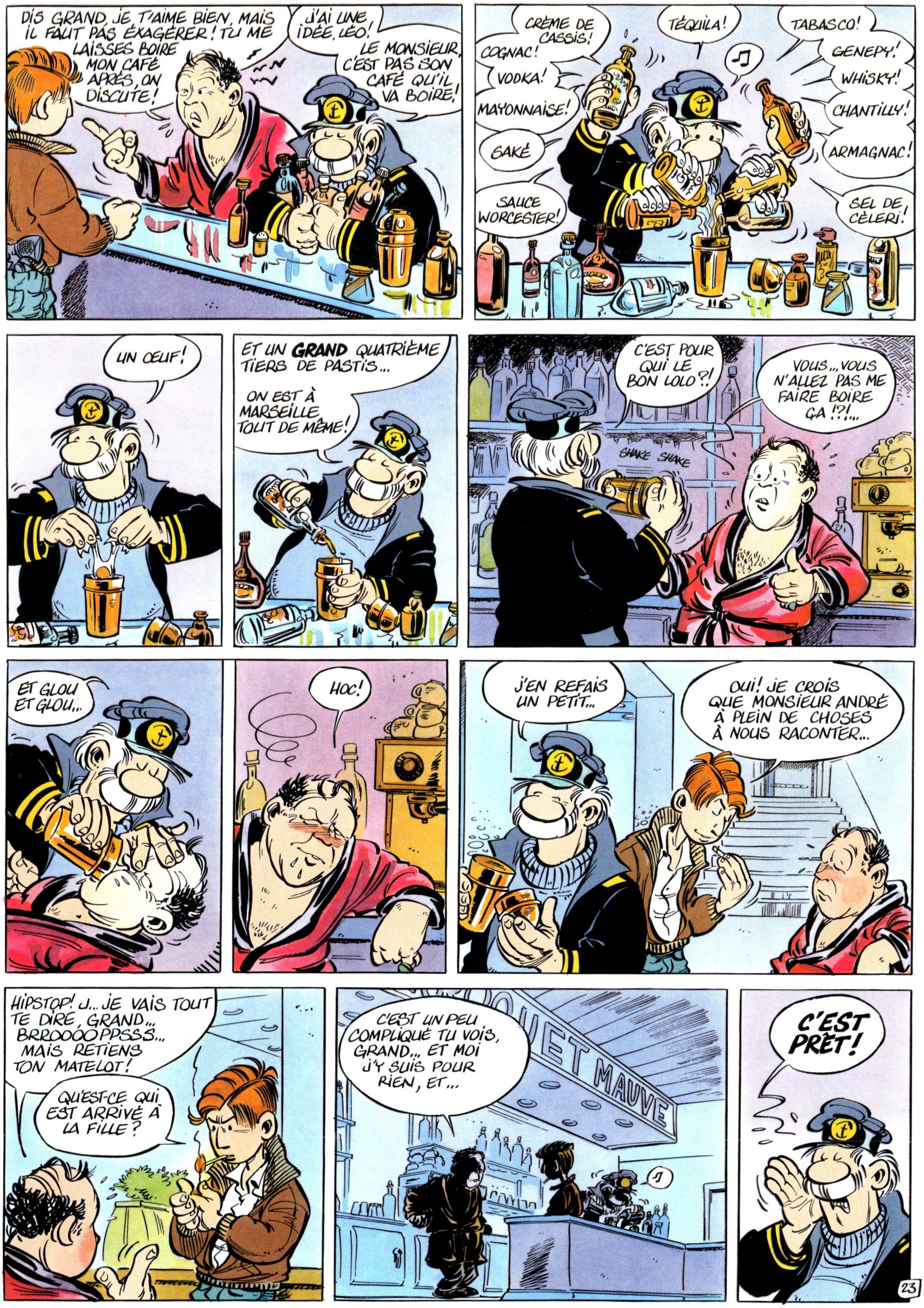
DIS GRAND, JE T'AIME BIEN, MAIS IL FAUT PAS EXAGÉRER ! TU ME LAISSES BOIRE MON CAFÉ APRÈS, ON DISCUTE !
J'AI UNE IDÉE, LÉO !
LE MONSIEUR, C'EST PAS SON CAFÉ QU'IL VA BOIRE !
CRÈME DE CASSIS !
TÉQUILA !
TABASCO !
COGNAC !
GENEPY !
VODKA !
WHISKY !
MAYONNAISE !
CHANTILLY !
SAKÉ
ARMAGNAC !
SAUCE WORCESTER !
SEL DE CÉLERI !
UN OEUF !
ET UN **GRAND** QUATRIÈME TIERS DE PASTIS...
ON EST À MARSEILLE TOUT DE MÊME !
C'EST POUR QUI LE BON LOLO ?!
VOUS... VOUS N'ALLEZ PAS ME FAIRE BOIRE ÇA !?!...
SHAKE SHAKE
ET GLOU ET GLOU...
HOC !
J'EN REFAIS UN PETIT...
OUI ! JE CROIS QUE MONSIEUR ANDRÉ À PLEIN DE CHOSES À NOUS RACONTER...
HIPSTOP ! J... JE VAIS TOUT TE DIRE, GRAND... BRROOOOPPSSS... MAIS RETIENS TON MATELOT !
QU'EST-CE QUI EST ARRIVÉ À LA FILLE ?
C'EST UN PEU COMPLIQUÉ TU VOIS, GRAND... ET MOI J'Y SUIS POUR RIEN, ET...
ET MAUVE
C'EST PRÊT !
23

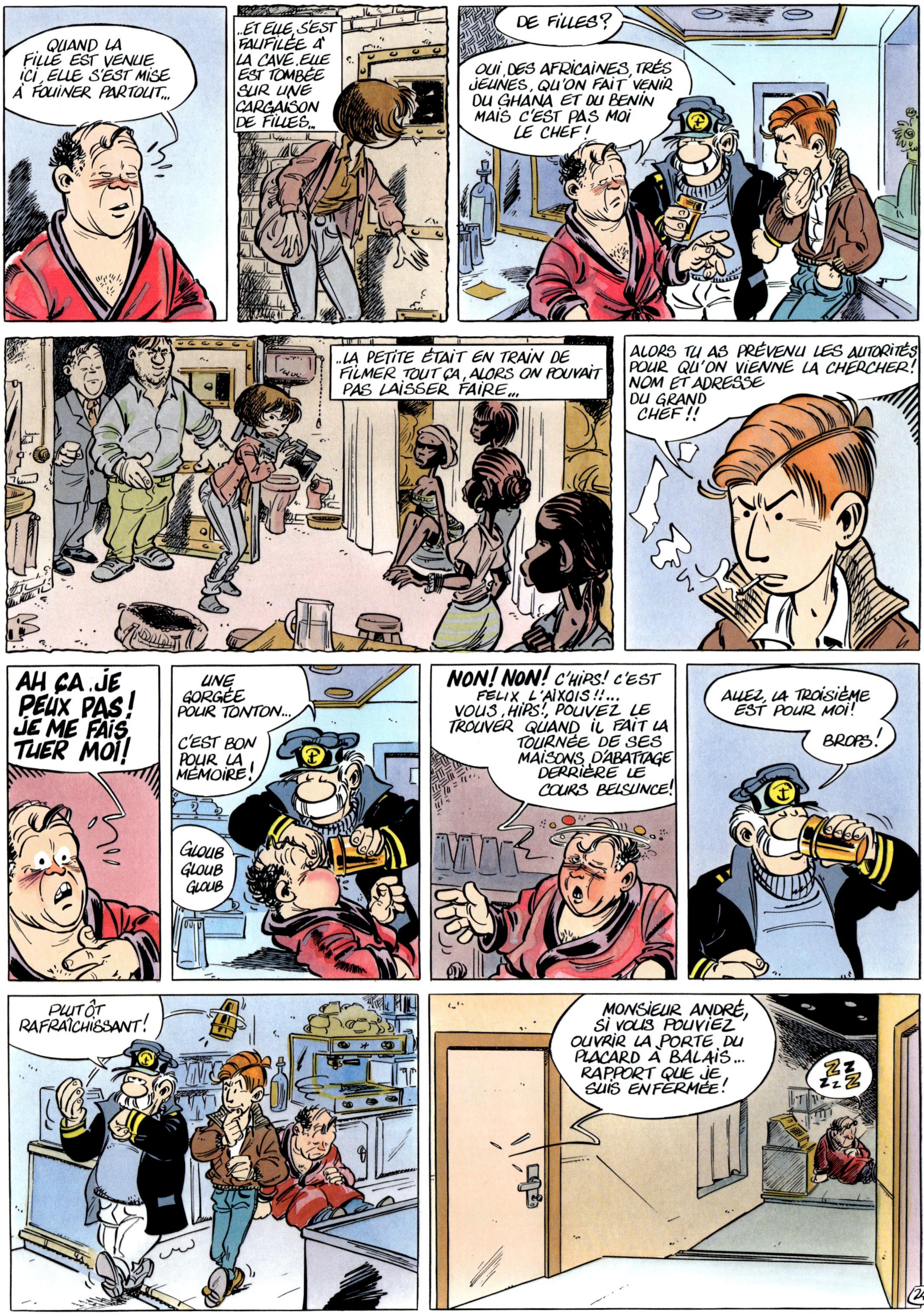
QUAND LA FILLE EST VENUE ICI, ELLE S'EST MISE À FOUINER PARTOUT...
..ET ELLE S'EST FAUFILÉE À LA CAVE. ELLE EST TOMBÉE SUR UNE CARGAISON DE FILLES..
DE FILLES?
OUI, DES AFRICAINES, TRÈS JEUNES, QU'ON FAIT VENIR DU GHANA ET DU BENIN MAIS C'EST PAS MOI LE CHEF!
..LA PETITE ÉTAIT EN TRAIN DE FILMER TOUT ÇA, ALORS ON POUVAIT PAS LAISSER FAIRE...
ALORS TU AS PRÉVENU LES AUTORITÉS POUR QU'ON VIENNE LA CHERCHER! NOM ET ADRESSE DU GRAND CHEF!!
AH ÇA JE PEUX PAS! JE ME FAIS TUER MOI!
UNE GORGÉE POUR TONTON...
C'EST BON POUR LA MÉMOIRE!
GLOUB GLOUB GLOUB
NON! NON! C'HIPS! C'EST FELIX L'AIXOIS!!... VOUS, HIPS!, POUVEZ LE TROUVER QUAND IL FAIT LA TOURNÉE DE SES MAISONS D'ABATTAGE DERRIÈRE LE COURS BELSUNCE!
ALLEZ, LA TROISIÈME EST POUR MOI!
BROPS!
PLUTÔT RAFRAÎCHISSANT!
MONSIEUR ANDRÉ, SI VOUS POUVIEZ OUVRIR LA PORTE DU PLACARD À BALAIS... RAPPORT QUE JE SUIS ENFERMÉE!
ZZZ
24

PEU APRÈS...
VOILÀ, VOUS SAVEZ TOUT. NOUS ALLONS DEVOIR PRÉVENIR LA POLICE POUR FAIRE LIBÉRER CES PAUVRES FILLES.
BANCO LODEN! MAIS PAS UN MOT À LA PRESSE, HEIN!
VRAI-FAUX C.A.
J'AI PAS ENVIE DE VOIR MON NOM OU CELUI DE BARWITZ FAIRE LA UNE DES CANARDS...
ET ENCORE MOINS DU CANARD!
AVEC LES GHANÉENNES, MES EX-COLLÈGUES VONT SE CONTENTER D'ATTRAPER DU MENU FRETIN SANS PREUVES, ILS NE PEUVENT RIEN CONTRE FÉLIX L'AIXOIS.
VOUS CONNAISSEZ CE GAILLARD?
IL Y AVAIT UN DOSSIER SUR LUI À L'ÉVÊCHÉ, JE VAIS TÂCHER D'Y AVOIR ACCÈS...
ET DE RETROUVER PAMÉLA!
C'EST UN TÉMOIN GÊNANT. IL A PU LA TUER...
TANT QU'ON A PAS RETROUVÉ SON CORPS, C'EST QU'IL A UNE RAISON DE LA GARDER EN VIE!
AU BOULOT!
TONTON, FAIS ATTENTION À LA PEINTURE FRAÎCHE!
PEINTURE FRAÎCHE!? MAIS C'EST UN CÉZANNE!
UN GARÇON CHARMANT, CE CÉZANNE. JE L'AI RENCONTRÉ HIER...
...ET IL AVAIT L'AIR DE BIEN S'ENTENDRE AVEC SON COPAIN VAN GOGH!
HI HI HI
25

PWIOUU PIWIIIP PWIOUU PIII WIIIIIP
MFFFT! TU POURRAIS PAS FAIRE "DRING" COMME TOUT LE MONDE?!
MARLÈNE? J'AI UN TUYAU POUR TOI...
TU PEUX FAIRE UNE DESCENTE AU "PERROQUET MALIVE". DES PAUVRES FILLES SONT RETENUES PRISONNIÈRES DANS LES CAVES OÙ ON LES MATE AVANT DE LES ENVOYER SUR LE TROTTOIR...
LES SALAUDS! ON S'EN OCCUPE!
LÉO... JE VOULAIS TE DIRE...
EX AMORE INSANIT
MMMFFF
MOI AUSSI, MARLÈNE, MOI AUSSI...
WAF WAF WAF
ELEPHONE
HAHAHA HOHO HIHIHI
BIGONET & Cie
26

UNE CARTE TÉLÉPHONIQUE DE 50 UNITÉS PLUS TARD...
P BOURSE
ALORS? QU'AS-TU APPRIS EN FAISANT LE JOLI COEUR?
FÉLIX L'AIXOIS MÈNE UNE DOUBLE VIE : C'EST UN HONORABLE BOURGEOIS, AGENT IMMOBILIER, QUI HABITE À AIX AVEC SA MAMAN. NI SES VOISINS, NI SES AMIS DU ROTARY CLUB NE SE DOUTENT QUE C'EST UN CAÏD DE LA PÈGRE MARSEILLAISE!
TU AS SON VRAI NOM, SON ADRESSE?
MÊME SOUS LA TORTURE, MARLÈNE N'AURAIT PAS PARLÉ. ELLE A PEUR QUE JE METTE SON ENQUÊTE PAR TERRE...
PEU IMPORTE! D'APRÈS CE CHER MONSIEUR ANDRÉ, C'EST L'HEURE OÙ L'AIXOIS FAIT LE TOUR DE SES PETITES AFFAIRES DU CÔTÉ DE BELSUNCE...
TABAC
C'EST LÀ! ON SE PLANQUE ET ON ATTEND!
LOBE
HO
CONFORT
JE VAIS ALLER FAIRE CAUSETTE À LA DAME, POUR TUER LE TEMPS!
OUPS!
!
QUELQUES CIGARETTES PLUS TARD...
ON AURAIT PU ATTENDRE AU BISTROT D'EN FACE, Y'A UNE TRÈS BONNE VUE SUR LA RUE!
SHHHHT!!
C'EST ÇA TA TERREUR? ON DIRAIT UN CLIENT, PAS UN EMPLOYEUR!
NE T'Y FIE PAS. ON LE SUIT, ET DISCRÈTEMENT!
27

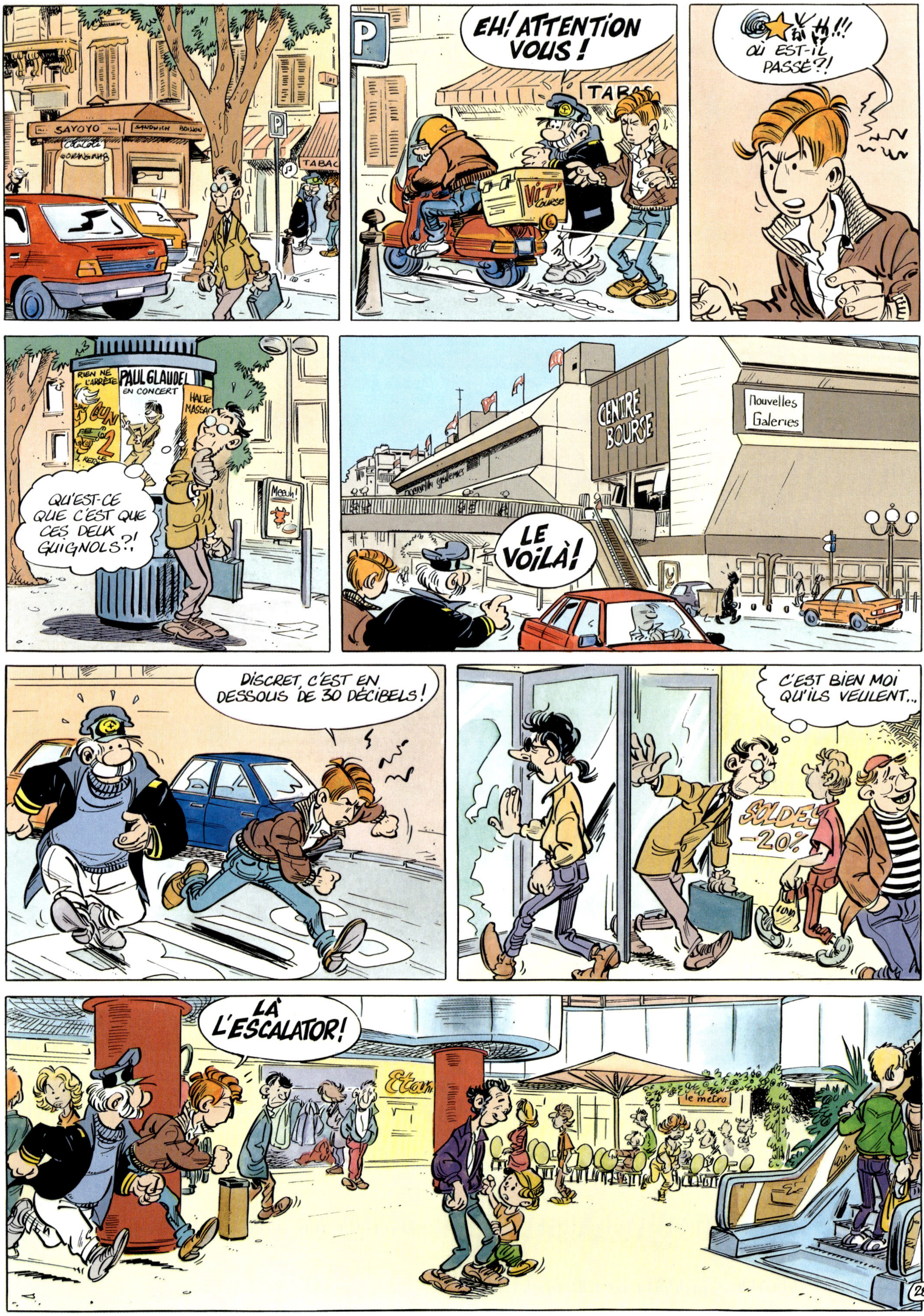
SAYOYO
TABAC
EH! ATTENTION VOUS!
TABAC
VIT' COURSE
OÙ EST-IL PASSÉ?!
PAUL GLAUDEL EN CONCERT
RIEN NE L'ARRÊTE
HALTE MASSAC
QU'EST-CE QUE C'EST QUE CES DEUX GUIGNOLS?!
Meuh!
CENTRE BOURSE
Nouvelles Galeries
LE VOILÀ!
DISCRET, C'EST EN DESSOUS DE 30 DÉCIBELS!
C'EST BIEN MOI QU'ILS VEULENT...
SOLDES -20%
LÀ L'ESCALATOR!
le metro
28

indica
COURIR
SOLDES
Soldes
BROUF!
S'CUSEZ!
ÉVAPORÉ!
JE L'AI VU MONTER LÀ-HAUT!
BIJOU
fnac
PARDON!
PARDON!
S'CUSEZ!
S'CUSEZ!
PARDON!
S'CUSEZ!
PARDON!
S'CUSEZ!
?
PAR...
NOM DE
29

LE VOILÀ !
!
PLACE !
PARDON !
PARDON !
PARDON !
DOUCEMENT, CAGANIS, OU JE T'ESCAGASSE AVÉ L'ESCOUBE !
!
CHÈRE MADAME, JE...
SOLDES
JE L'AI PERDU DE VUE !
APPELLE LA TÉLÉ !
UN ROUQUIN EN BLOUSON ET UN MARIN DE CARNAVAL, VOUS NE POUVEZ PAS LES RATER ! VOUS ME LES MONTEZ À L'APPARTEMENT ! GROUILLEZ-VOUS !
FRANCE TELECOM
30

hotel Mercure
COMMENT ON LE RETROUVE MAINTENANT?
ON LUI A FLANQUÉ LA TROUILLE, C'EST LUI QUI VA NOUS RETROUVER!
UN ROUQUIN DE CARNAVAL ET UN MARIN EN BLOUSON
ET VOILÀ!
T'AS RAISON, MAURICE, C'EST NOS CLIENTS!
VOYEZ, M'SIEUR! SI VOUS NOUS SUIVEZ, ROGÉ, IL SERA PAS OBLIGÉ DE FAIRE UN TROU DANS SA VESTE EN TIRANT!
ÇA SERAIT GENTIL À VOUS! DEUX FOIS JE L'AI FAITE REPRISER CE MOIS-CI...
JE PENSAIS QU'ON ALLAIT À AIX?!
ON A NOS PETITES HABITUDES DANS LE QUARTIER
QUINZE ÉTAGES PLUS HAUT...
ALLEZ HOP! DANS LA CHAMBRE DU FOND
LE PATRON VA ARRIVER. IL VEUT VOUS INTERROGER.
C'EST PAS TRÈS CONFORTABLE!
C'EST PARFAIT AU CONTRAIRE!
ON DIRAIT QUE ÇA TE FAIT PLAISIR D'ÊTRE EN CAGE!
C'ÉTAIT LE SEUL MOYEN DE RETROUVER L'AIXOIS!
31

ON VA SE PRÉPARER À SA VISITE !
ALLEZ, AIDE-MOI !
!
ON PEUT SAVOIR CE QUE TU COMPTES FAIRE ?
ON VA SE SERVIR DE CES PANNEAUX DE PLACOPLÂTRE POUR MONTER UNE FAUSSE CLOISON, UN DOUBLE FOND !
PASSE MOI LE CÂBLE ÉLECTRIQUE !
ET HOP ! VOILÀ POUR BROUILLER LES PISTES...
C'EST DE LA BELLE OUVRAGE ! SI L'AGENCE NE MARCHE PAS, ON POURRA SE RECONVERTIR DANS LE BÂTIMENT.
POUR FINIR PROPRIÉTAIRE D'UNE CHAÎNE DE TÉLÉ ? JAMAIS !
DING DONG
VOILÀ LE PATRON !
VOUS LES AVEZ ?
PAS DE PROBLÈME ! ILS SONT ENFERMÉS DANS LA CHAMBRE !
MAIS !?
32

ILS ONT FILÉ!
ILS SE SONT ENVOLÉS, PEUT-ÊTRE?
NON! ILS SONT DESCENDUS AVEC ÇA!
!
?
À L'ABORDAGE MOUSSAILLON!
GARDE CES DEUX LÀ!
LES MAINS SUR LA TÊTE, MESSIEURS!
IL A ENCORE FILÉ!
C'EST PLUS UN HOMME, C'EST UNE ANGUILLE!
33

MAINTENANT, JE SUIS PRESSÉ! VOUS ALLEZ ME DIRE OÙ ON PEUT TROUVER L'AIXOIS?
ON EST PAS DU GENRE À BALANCER LES COLLÈGUES AU PREMIER TARTIFLE VENU.
SURTOUT QU'ON VEUT PAS FINIR DANS LE VIEUX PORT AVEC DES SOULIERS EN BÉTON!
SI VOUS NE VOULEZ PAS PARLER, IL VA DEVENIR CRUEL!
VOYONS ÇA...
DIS MAURICE, C'EST PAS UNE PHOTO DE TA MAMAN ÇA?!...
A Maurice mon gros bébé!
ELLE SAIT LE VILAIN MÉTIER QUE TU FAIS, TA MAMAN?!
VOUS ÊTES FOU! C'EST UNE HONNÊTE FEMME! C'EST LA MEILLEURE MÈRE DU MONDE, PAROLE!
IL Y A SON NUMÉRO DANS TON CARNET. ON VA L'APPELER, ÇA VA LUI FAIRE UN CHOC DE SAVOIR QUE SON FILS EST UN GANGSTER!
ATTENDEZ!
FAITES PAS ÇA! SI MA MÈRE LE SAIT, ELLE MEURT. DÉJÀ ELLE EST AU BORD DU GAZ POUR UN RIEN, ALORS LÀ!
ALORS, TU NOUS DIS OÙ ON PEUT TROUVER L'AIXOIS.
IL HABITE À AIX ... RUE MAZARINE!
C'EST PAS HONNÊTE CE QU'IL A FAIT!
JE VOUS L'AVAIS DIT, QU'IL POUVAIT ÊTRE CRUEL!
MARLÈNE? TU PEUX ENVOYER TES COURSIERS FAIRE PRENDRE DEUX COLIS?!
34

AIX EST UNE VILLE MAGIQUE : ON ARRIVE À Y FAIRE CROIRE AUX TOURISTES QU'ILS SONT CULTIVÉS... ET ÇA RAPPORTE DE L'ARGENT AUX BOUTIQUES DE FRINGUES...
BWÊÊRK ! TOUTES CES FONTAINES QUI NE CRACHENT QUE DE L'EAU !
LES VIEUX AIXOIS RACONTENT L'HISTOIRE DE LA SOURCE ENCHANTÉE, QUI, LES NUITS DE PLEINE LUNE DÉBORDE DE PASTIS... MAIS PERSONNE NE L'A TROUVÉE...
C'EST LÀ !
IL A DÛ ÊTRE TRÈS MALHONNÊTE, LE FÉLIX, POUR AVOIR UNE AUSSI BELLE MAISON !
LÉO ! TU AS VU LE NOM SUR LA PLAQUE ?
NOM DE DIEU ! QU'EST-CE QUE C'EST QUE CETTE EMBROUILLE ?
PENDANT CE TEMPS À L'INTÉRIEUR...
ET TU N'AS MÊME PAS EU LE TEMPS DE LES FAIRE PARLER ?
INCAPABLE !
MÈRE, JE VOUS ASSURE...
CES ÉMOTIONS SONT MAUVAISES POUR MON DIABÈTE ! À CAUSE DE TA BÊTISE MON PAUVRE FÉLIX, TA MÈRE FAIT UNE CRISE D'HYPOGLYCÉMIE ! PASSE MOI MA PIQÛRE !
TES DEUX HOMMES SONT PEUT-ÊTRE DES NERVIS DE CET HORRIPILANT SICILIEN !
ET SI C'ÉTAIT À CAUSE DE LA PETITE ?
DRIIN DRIIN
UNE DESCENTE AU "PERROQUET MAUVE" ?! ANDRÉ EN TÔLE ?! ILS ONT TROUVÉ LES FILLES... ?!?
EUH... MÈRE... IL Y A UN PETIT PROBLÈME...
J'AI ENTENDU !
NOUS ALLONS NOUS METTRE AU REPOS QUELQUES TEMPS ! TÉLÉPHONE À MARIGNANE ET RÉSERVE DES BILLETS POUR LE PREMIER VOL INTERNATIONAL !
ET LA PETITE ?
ON L'EMMÈNE BIEN SÛR ! ADMINISTRE LUI UN SÉDATIF !
35

LES DEUX TYPES SONT LÀ !
VA CHERCHER LA PETITE !
JE VAIS ME DÉBARRASSER D'EUX.
ATTENTION, VOILÀ QUELQU'UN
SI C'EST TON FÉLIX L'AIXOIS, C'EST UN AS DU DÉGUISEMENT !
MAIS... ELLE VIENT VERS NOUS !
!
MAIS ?! ...
Hiiiiiiiiii AU VOLEUR AU SECOURS !
CES VOYOUS M'ONT VOLÉ MON SAC À MAIN ! ATTRAPEZ-LES !
?
BOUGEZ PAS LES BRAQUEURS !
RENDEZ SON SAC À LA DAME !
!
MAIS LÂCHEZ NOUS !
APPELEZ LA POLICE !
ATTENTION CHÉRI, ILS ONT L'AIR VICIEUX !
DÉGAGEZ ! CE SONT DES GANGSTERS ILS S'EN VONT !
ILS ONT LA GAMINE !
DU CALME ! CIRCULEZ ! QUE SE PASSE-T-IL ICI ?
MONSIEUR LE COMMISSAIRE ! QUEL PLAISIR !
?!
EX-COMMISSAIRE, MON BON CHABROT. JE NE SUIS PLUS DANS LA POLICE.
36

ENCORE UN RIPOU! GRMMBLL...
LAISSE, CHÉRI, C'EST LE MONDE QUI EST POURRI! COMME DISAIT MA MÈRE...
MERCI, CHABROT, MAIS JE FILE! JE POURSUIS DES GANGSTERS, VOYEZ-VOUS...
AH! LES BONNES VIEILLES HABITUDES!
TU AS VU PAR OÙ ILS SONT PASSÉS?
VERS LE BOULEVARD DE CEINTURE!
LÀ-BAS!
ILS ONT PERDU DU TEMPS AU FEU!
LÉO! IL REPASSE AU ROUGE!
IL Y A UNE CHOSE QUI ME MANQUE: C'EST LE GYROPHARE!
LIVRES BOUQUINS
SOS RIDEL DÉPANNAGE
OUI
JE PEUX CRIER "PIN-PON" EN REMUANT LES BRAS, SI TU VEUX...
MARIGNANE
ILS VONT VERS MARIGNANE!
37

ILS NOUS SUIVENT!
IL FAUT S'EN DÉBARRASSER AVANT L'AÉROPORT!
J'AI HORREUR DES ARMES À FEU...
BRATTATATA
ELLE ME RAPPELLE PASSIONATA, UNE DE MES MAÎTRESSES À BUENOS-AIRES. LA MÊME MANIÈRE DE TIRER!
JE VAIS LES STOPPER!
LÉO!
ÇA VA LÉO?
JE MANQUE D'ENTRAÎNEMENT, EN SAUT DE VOITURE EN MARCHE!
38

Départ
Departure
Terminal 1
ON A JUSTE LE TEMPS!
CES JEUNES! ÇA FAIT LA FÊTE DES NUITS ENTIÈRES ET APRÈS C'EST PLUS BON À RIEN...
PAS UN QUI S'ARRÊTE!
C'EST TA TÊTE QUI NE DONNE PAS CONFIANCE!
SOURIS!
PAS TROP TÔT!
UNE FOIS DANS LE PACIFIQUE, J'AI ATTENDU SIX MOIS SUR UNE ÎLE AVANT QU'UN CARGO NE ME PRENNE!
MAIS!
MONTEZ VITE!
TU PASSAIS ET TU AS VU DE LA LUMIÈRE, ALORS TU T'ES ARRÊTÉE?!
PRESQUE!
VROOOOOO
J'ALLAIS CHEZ L'AIXOIS QUAND LE SERVICE DES ÉCOUTES TÉLÉPHONIQUES M'A PRÉVENU QU'IL AVAIT RÉSERVÉ DES BILLETS D'AVION. ALORS J'AI FONCÉ SUR MARIGNANE.
D'AILLEURS, IL NOUS RESTE MOINS DE DIX MINUTES AVANT LE DÉCOLLAGE!
ON Y SERA JAMAIS! PRÉVIENS PAR RADIO LES COLLÈGUES DE MARIGNANE, QU'ILS RETARDENT LE DÉPART!
PUB
39

EMPÊCHER LE DÉCOLLAGE DU VOL AIR FRANCE 31280? COMPRIS INSPECTEUR. J'APPELLE GASPARINI À LA TOUR !
EMPÊCHER LE DÉCOLLAGE? MAIS IL EST DÉJÀ SUR LA PISTE !
TRÈS BIEN. C'EST SOUS VOTRE RESPONSABILITÉ !
...JAILLIRONT AUTOMATIQUEMENT AU-DESSUS DE VOTRE TÊTE. VOUS LES APPLIQUEREZ COMME CECI ET...
DÈS QUE NOUS SERONS ARRIVÉS, IL FAUDRA TRANSFÉRER LES COMPTES DE SUISSE...
MAIS ?!.. L'AVION FAIT DEMI-TOUR ! ON RETOURNE VERS LES PARKINGS !
TU ES SÛR ?!
C'EST PLEIN DE FLICS, REGARDE !
NOUS NE NOUS LAISSERONS PAS PRENDRE !
MAIS, MADAME... RETOURNEZ À VOTRE PLACE !
LAISSEZ-MOI PASSER, JEUNE FILLE !
MESSIEURS, JE VOUS PRIE DE DÉCOLLER IMMÉDIATEMENT !
MAIS ?!
CETTE SERINGUE EST PLEINE DE SANG CONTAMINÉ, SI VOUS VOULEZ QUE VOTRE COLLÈGUE RESTE SÉRONÉGATIF, OBÉISSEZ !
40

AIR-FRANCE 31280 QUE FAITES VOUS? RÉPONDEZ!
LES PILOTES RESTENT MUETS, INSPECTEUR! ILS SE SONT MIS EN LIGNE SUR LA "32" POUR DÉCOLLER!
INTERDIT SAUF SERVICE
!
VERS LES PISTES FONCE!
BOM
C'EST LE 747 LÀ-BAS!
MARSEILLE PROVENCE
ON VA LUI COUPER LA ROUTE!
MAIS TU ES FOU!
MAIS IL EST FOU!
IGNOREZ LES!
DÉCOLLEZ!
GORGL..

ON EST DÉSÉQUILIBRÉ !!!
L'AILE VA TOUCHER !
Wiiiiiiiiiiii
AIR FRANCE
42

ÉHBÉ!
ET VOILÀ! C'ÉTAIT PAS TRÈS COMPLIQUÉ!
C'EST VRAI! IL SUFFISAIT JUSTE DE CABOSSER MA VOITURE, APRÈS TOUT!
BAH, LE PILOTE DOIT AVOIR DES CONSTATS DANS LA BOÎTE À GANT DE LA CABINE!
DL 31280 F
AIR FRANCE
LA CAVALE EST TERMINÉE, L'AIXOIS!
LAISSEZ MON FILS EN PAIX, C'EST UN HOMME RESPECTABLE! JE SUIS RESPONSABLE DE TOUT!!
ÇA, ON VERRA!
LA PETITE VA BIEN! ELLE A MANQUÉ LE PLUS BEAU DU SPECTACLE!
DIS, TU N'ES PAS OBLIGÉ DE FAIRE LE CACOU AVEC CETTE GAMINE DANS LES BRAS!
43

COULEURS: NATHALIE MOREL.. MERCI ALAIN!... S.CARRÈRE92 * S.ARLESTON.

...able enquête de la dent perdue
FOOTBALL
Marcel Desailly : au nom du frère
Il fut souvent un joueur doué mais dilettante. Jusqu'à ce qu'un drame bouleverse sa vie. La mort de son demi-frère, dans un accident de voiture, a décidé Marcel Desailly à devenir un professionnel dans tous les sens du terme. Pour faire honneur à son aîné disparu, il a beaucoup travaillé, et aujourd'hui il connaît une première récompense avec son transfert à l'Olympique de Marseille, l'équipe où tout joueur du championnat français rêve un jour d'évoluer.
Page 9, l'article d'Aurélien PHILIPPE-GÉRARD
ATHLÉTISME
Marseille: un privé contre les proxénètes
France Foire
TRIOS • TIERCÉ-QUARTÉ+, QUINTÉ+
65, rue de Bercy, 75589 Paris Cedex 12 - Tél. : 40.01.80.00 • ISSN 0182-5860
Petites annonces - Tél. : 45.62.44.00 • Saint Hippolyte • N° 14.933
Jeudi 13 août
DH
5 F
CORSE : L'OTAGE RACONTE MINUTE PAR MINUTE LE HOLD-UP DE L'ANNÉE
Le pilote d'hélico : « C'était des fous »
« Pendant que je décolle, ils me tapent sur la tête avec leurs flingues, j'ai la tête collée au manche. Ils me menacent des foudres de la Mafia, savent que je vis à Paris. Pour
MEOUNES
Du 14 au 17 août 1992
19e FOIRE
...r Mutin
...ANDES PAGES DU MONDE, LES MEILLEURES PAGES...
BASTIA-PORETTA
La "taupe" du hold-up héliporté traquée
Les enquêteurs de la P.J sont persuadés que le coup du braquage par hélico du "Mercure" a été indiqué. Ils ont passé au crible hier les rouages de "Securipost". En dernière page, l'article d'Omar Charif
Vins du Midi : la grande carambouille
L'escroquerie au détriment de 12 caves coopératives porterait sur 15 millions de F. Les viticulteurs se rebiffent
Nos informations en dernière page
AUJOURD'HUI
DEBUT DES INSCRIPTIONS pour le Méridional à La Ciotat
- Office du Tourisme - La Ciotat
- Eurosud - 1, rue Breteuil - Marseille
- Le Méridional - 4, rue Cougit 13015
tous les renseignements en rubrique sportive
46e année - N° 16340 - 4 F 20
Le Méridional, 4 rue Cougit, 13316 Cedex 15 Marseille, tél. 91.84.45.45 - Jeudi 13 Août
«Les commentaires sont libres. Les faits sont sacrés».
AIX
le Mididional
Drog... aler... Dat...